北京舊志彙刊

清·神穆德 釋義庵 纂

潭柘山岫雲寺志

金溪 王紫微 校點

中國書店

图书在版编目(CIP)数据
潭柘山岫云寺志/(清)神穆德纂;(清)释义庵纂;金溪,王紫微校点.—北京:中国书店,2009.1
(北京旧志汇刊)
ISBN 978-7-80663-620-6
Ⅰ.潭… Ⅱ.①神…②释…③金…④王… Ⅲ.佛教-寺庙-史料-北京市 Ⅳ.B947.21
中国版本图书馆 CIP 数据核字(2008)第 185113 号

北京舊志彙刊
潭柘山岫雲寺志 一函二册
作者 清·神穆德 釋義庵 纂修
金溪 王紫微 校點
出版 中國書店
地址 北京市宣武區琉璃廠東街一一五號
郵編 一〇〇〇五〇
發行 全國新華書店經銷
印刷 江蘇金壇市古籍印刷廠有限公司
版次 二〇〇九年一月
書號 ISBN 978-7-80663-620-6
定價 三三〇元

開啓北京地域文化的寶庫

——《北京舊志彙刊》序

段柄仁

中華文明源遠流長，其燦爛輝煌、廣博深遠，舉世公認。她爲什么能在悠悠五千年的歷史長河中，不僅傳承不衰，不曾中斷，而且生生不息，歷久彌鮮，不斷充實其内涵，創新其品種，提高其質地，增强其凝聚力、吸引力、擴散力？歷朝歷代的地方志編修，不能不説是一個重要因素。我們的祖先，把地方志作爲資政、教化、傳史的載體，視修志爲主政者的職責和義務，每逢盛世，更爲重視，常常集中人力物力，潛心編修，使之前映後照，延綿不斷，形成了讓世界各民族十分仰慕的獨一無二的文化奇峰勝景和優良傳統。雖然因歷史久遠，朝代更迭，保存困難，較早的志書多已散失，但留存下來的舊志仍有九千多種，十萬多册，約占我國全部歷史文獻的十分之一。規模之大，館藏之豐，其他種類的書籍莫可企及。

作爲具有三千多年建城史，八百多年建都史的北京，修志傳統同樣一以貫之。有文獻記載的最早的官修地方志或類似地方志是《燕十事》，之後陸續有《燕丹子》、《幽州人物志》、《幽州圖經》、《幽都記》、《大都圖册》、《大都志》、《洪武北京圖經》、《北平圖志》、《北平志》、《北平府圖志》等。元代以前的志書，可惜祇聞其名而不見其書，都没有流傳下來或未被挖掘出來。現存舊志百餘種，千餘卷，包括府志、市志、州志、縣志、街巷志、村志、糧廳志、風俗志、山水志、地理志、地名志、關志、寺廟志、會館志等，其中較早而又較爲完整的《析津志輯軼》，是從元代編修《析津志典》的遺稿及散存《永樂大典》等有關書籍中輯録而成的。明代最完整的志書《順天府志》也是鈔録於《永樂大典》。其餘的舊志，多爲清代和民國時期所撰。這些十分寶貴的文獻資料，目前散存於各單位圖書館和個人手中。有的因保存條件很差，年長日久，已成殘本，處於急需搶救狀態。有些珍本由於收藏者的代際交替，輾轉於社會，仍在繼續流失之中。即便保存完好者，多數也是長期閉鎖於館庫之中，很少有人問津。保護、整理和進一步研究挖掘，開啓這座塵封已久的寶庫，使其盡快容光煥發地亮起來、站出來，重見天日，具有不可延誤的緊迫性。不僅對新修志書有直接傳承借鑒作用，對梳理北京的文脉，加深對北京歷史文化的認識，提供基礎資料，而且對建設社會主義先進文化，進一步發揮其資政教化作用，滿足人們文化生活正向高層次、多樣化發展的需求，推動和諧社會建設，都將起其他文化種類難以替代的作用，是在北京歷史上尚屬首次的一項慰藉祖宗、利及當代、造福後人的宏大的文化基礎建設工程，具有重大的現實意義，必將産生深遠的歷史影響。

當前是全面系統地整理發掘舊志，開啓這座寶庫的大好時機。國家興旺，國力增强，社會安定，人民生活正向富裕邁進，不僅可提供財力物力支持，而且爲多品種、高品味的文化産品拓展着廣闊的市場。加之經過二十多年的社會主義新方志的編修，大大提高了全社會對方志事業的認同感和支持度，培育了一大批老中青結合的修志人才。在第一輪編修新方志的過程中，也陸續整理、注釋出版了幾部舊志，積累了一定經驗。這些都爲高質量、高效率地完成這項任務提供了良好的條件，打下了扎實的基礎。

全面系統、高質高效地對北京舊志進行整理和發掘，也是一項十分艱巨的任務。需要强有力的領導和科學嚴密的組織工作。爲此，在市地方志編委會領導下，成立了由相關領導與專家組成的北京舊志整理叢書編委會。采取由政府主導，市地方志辦公室、市新聞出版局和中國書店出版社聯合承辦，充分吸收專家學者參與的方法，同心協力，各展其能。需要有高素質的業務指導。實行全市統一規範、統一標準、統一審定的原則。製定了包括《校點凡例》在内的有關制度要求。成立了在編委會領導下的專家委員會，指導和審查志書的整理、校點和出版。對於參與者來説，不僅提出了應具備較高的業務能力的標準，更要求充分發揚脚踏實地、開拓進取、受得艱苦、耐得寂寞、甘於坐冷板凳的奉獻精神，爲打造精品出版物而奮鬥。爲此，我們釐定了《北京舊志彙刊》編纂整理方案，分期分批將整理的舊志，推向讀者，最終彙集成一整套規模宏大的、適應時代需求、與首都地位相稱的高質量的精神產品——《北京舊志彙刊》，奉獻於社會。

丁亥年夏於北京

《北京舊志彙刊》校點凡例

一、《北京舊志彙刊》全面收録元明清以及民國年間的北京方志文獻，是首次對歷朝各代傳承至今的北京舊志進行系統整理刊行的大型叢書。在對舊志底本精心校勘的基礎上重新排印并加以標點，以繁體字竪排綫裝形式出版。

二、校點所選用的底本，如有多種版本，則選擇初刻本或最具有代表性的版本爲底本；如僅有一種版本，則注意選用本的缺卷、缺頁、缺字或字迹不清等問題，并施以對校、本校、他校與理校，予以補全謄清。

三、底本上明顯的版刻錯誤，一般筆畫小誤、字形混同等錯誤，根據文義可以斷定是非的，如「己」「已」「巳」等混用之類，徑改而不出校記。其他凡刪改、增補文字時，或由於文字异同造成的事實出入，如人名、地名、時間、名物等歧异，則以考據的方法判斷是非，并作相應處理，皆出校記，簡要説明理由與根據。

四、底本中特殊歷史時期的特殊用字，予以保留。明清人傳刻古書或引用古書避當朝名諱的，如「桓玄」作「桓元」之類，據古書予以改回。避諱缺筆字，則補成完整字。所改及補成完整字者，於首見之處出校注説明。

五、校勘整理稿所出校記，皆以紅色套印於本頁栏框之上，刊印位置與正文校注之行原則上相對應。遇有校注在尾行者，校記文字亦與尾行相對應。

六、底本中的异體字，包括部分簡化字，依照《第一批异體字整理表》改爲通行的繁體字。《第一批异體字整理表》未規範的异體字，參照《辭源》、《漢語大字典》改爲通行的繁體字。人名、地名等有异體字者，原則上不作改動。通假字，一般保留原貌。

七、標點符號的使用依據《標點符號用法》，但在具體標點工作中，主要使用的標點符號有：句號、問號、嘆號、逗號、頓號、分號、冒號、引號、括號、間隔號、書名號等十一種常規性符號，不使用破折號、着重號、省略號、連接號與專名號。

八、校點整理本對原文適當分段，記事文以

時間或事件的順序爲據，論説文以論證層次爲據，韵文以韵脚爲據。

九、每書前均有《校點説明》，内容包括作者簡況、對本書的評價、版本情況、校點中普遍存在的問題，以及其他需要向讀者説明的問題。

《潭柘山岫雲寺志》總目

校點説明

《潭柘山岫雲寺志》一卷，清神穆德撰。

《續刊潭柘山志略》一卷，清釋義庵撰。

潭柘山位於北京西部門頭溝境内，屬太行山山脉，重巒叠嶂，風景殊勝，因古有龍潭、柘林而得名。山有古刹，因山爲名，俗稱潭柘寺。傳説寺基址爲龍潭，華嚴師講法，潭龍聽法。後來師欲開山，龍即讓宅。此寺開創於晋時，初名嘉福寺。興盛於唐朝，改名龍泉寺。金熙宗皇統年間重修，敕寺額爲「大萬壽寺」。明成祖永樂年間，擴大建置。宣宗宣德二年，孝誠皇后賜帑建造殿宇，越靖王建延壽塔，賜名龍泉寺。英宗天順年間，再改名嘉福寺。孝宗弘治年間、神宗萬曆年間均大規模重建。清康熙三十一年賜金重修，賜御書額「敕建潭柘山岫雲禪寺」，爲此寺正名，亦爲本志書名所由來。

自晋唐經金元至明清，寺屢興廢，但基址龍潭未變。寺名多變，而潭柘一名未改。民間有「先有潭柘，后有幽州」的説法，西山諸刹，惟此最古。潭柘寺開山以來，代有尊宿。晋華嚴禪師被奉爲開山第一代祖師，清震寰律師爲中興第一祖，其中更有金廣慧通理禪師、政言禪師、相了禪師等，或重修寺宇，或登壇廣法，光大潭柘，弘揚佛法。有清一代，皇室達官頻至潭柘，頒賞頗多，寺中香霧繚繞，四時不斷。

京師古刹多撰有寺志，以記其沿革及高僧事迹。岫雲寺爲京西名刹，其建置沿革及禪師高僧之事尤受器重，清宗室神穆德領銜主修寺志，以爲重視。

神穆德，即《清史稿》所載愛新覺羅·申穆德，又作塞木德、申慕德。清宗室。雍正時，爲一等侍衛。雍正元年至雍正二年，爲鑲紅旗滿洲副都統。雍正二年至雍正四年，爲正黄旗蒙古都統。雍正四年至雍正十三年，爲右衛建威將軍。乾隆二年至乾隆四年，爲鑲紅旗蒙古都統。

《潭柘山岫雲寺志》作於清乾隆四年，分爲主山基宇、梵刹原宗、中興重建、歷代法統、行幸頒賜、名勝古迹六門。從地方志、北京寺廟發展史和文學方面看，本書都具有較高的價值。

作爲地方志，本書詳細記載了潭柘山岫雲寺的歷代興衰、建制沿革、寺內外風物以及「潭柘十景」等名勝。從京城廟宇史角度看，本書載有自潭柘開山至清乾隆初年止歷代高僧傳記十篇，其中華嚴祖師、廣慧通理禪師、政言禪師、相了禪師、無初禪師等人的傳記，頗可與《宋高僧傳》《補續高僧傳》等書相印證，具有較高的史料價值。然因資料不全，另有九位高僧有目無傳。從文學角度看，書中輯有金、明、清各代四十餘位詩人的詩作共八十餘首及文、贊、碑記等數篇。其中不乏王士禎、施閏章等文學名家，

謝遷、高士奇、徐元夢等名臣及釋道衍、釋真可等高僧之作，具有較高的文學價值。

義庵，生卒年及生平事迹不詳。所撰《續刊潭柘山志略》成書於光緒九年。本書內容較少，收恭親王奕訢游潭柘寺集唐句詩十八首。又載清中興第五代本然明壽禪師至第十七代慈雲大師傳記共十三篇，其中本然明壽、毓安源福、恒實源諒、靜觀圓瑞四代住持及監院琮璋來琳的傳記乃由高僧源諒《律宗燈譜》録出。《續刊潭柘山志略》自寫成後，從未單獨印行，而始終與《潭

柘山岫雲寺志》合成兩卷刊刻。本書現有乾隆間刻本，爲《潭柘山岫雲寺志》單刻本，乾隆至光緒間遞刊本、嘉慶至光緒間遞刊本、光緒間刻本等，皆爲兩書合刻。以上諸本皆出於同一版本系統，内容基本相同。

關於潭柘寺的方志，除此二種外，另有清鈔本七卷。亦名《潭柘山岫雲寺志》，一名《潭柘山志稿》，非神穆德或義庵所撰，未題撰人，唯有「凌雲子」序。亦未署書成時間。然其卷一中稱「辛亥夏，余纂志山中」，卷三《復理傳》稱「（康熙）五十四年，親依本山德彰、洞初二和尚及今方丈共一十九載」，《本然傳》又稱「九年，余因纂志」云云。又，本然圓寂於乾隆元年，而鈔本未載，則大略可知此本撰於雍正九年至十一年左右，在乾隆朝前已修撰完成，早於神穆德本。其體例、編目等雖與神穆德本不同，但卷一形勝、卷二梵刹、卷三法統、卷四頌賜、卷六祖塔分别相當於神穆德本之名勝古迹、梵刹原宗及中興重建、歷代法統和行幸頒賜等，内容上亦基本相同，可以看出兩書的承繼關係。神穆德《序》

稱，「訪得其鈔本、舊志及別傳、异記諸文，折中節取，合編參訂以成之」。其中「鈔本」可能即指此本而言。因此，此本具有較高的校勘價值。

本次點校，以一九八〇年臺北明文書局《中國佛寺史志匯刊》第一輯影印嘉慶至光緒間遞刊本爲底本。乾隆間刻本（簡稱乾隆本）、光緒間刻本（簡稱光緒本）等，由於内容相同，缺乏校勘價值，只用光緒本來補書中漫漶不清之字。對校主要依靠清鈔本。

此外，我們還旁搜與本書内容相關的資料，如其他方志、佛教史籍、詩歌別集、總集等，相互對比，作爲他校，并間附考證。

由於學力疏淺，點校舛誤之處，敬請讀者批評指正！

金溪　王紫微　丁亥年初冬

序

予性癖山林，兼愛静中之味，故於公事之暇，或就宿僧舍，取其静也。僧時見予常注目郊原林木并山水畫圖，竊知予之癖此也。因述西山潭柘寺之幽雅静深等佳處，推爲神都境内無上古刹。而貴賤貧富智愚賢否，無弗傾心思至者，而思至者究亦不能皆至也。讀書考古之君子，冀遇之几案間。而碣碑矗立，數百年之雨琢風雕，誰模石鼓；梨棗蛀蝕，幾千翻之篝磨墨漬，僅伴晨鐘。以致宗風雖勝，而勝迹不能普傳；佛日常輝，而輝光未能流簡册。是豈非一缺限哉！然幸舊紀猶存，聊爲之約編參定，即可補之，不必俟夫女媧也。故留心自任，訪得其鈔本、舊志及别傳、异記諸文，折衷節取，合編參訂以成之，名曰《潭柘山岫雲寺志》。蓋爲名山勝迹少效微勞，而又思世或有癖山林、耽静味如予，并思至潭柘而不能皆至者，待此或可稍慰其情，則此舉不爲無謂矣。時乾隆四年歲次己未暮春望日也。

原任鎮守朔平府等處建威將軍加二級紀録三次

鑲紅旗都統宗室神穆德謹序

潭柘山岫雲寺志

主山基宇

潭柘山，在京都正西七十里。出平則門，至黎園莊四十五里，〔注一〕從黎園莊至山二十五里。山本自來太行，岡連西山，舊志稱太行第八陘，爲神京之右背是也。險峻叠岫，巉千雲霄，挹抱迴環，巘重嶺複，特稱幽奧，名迹最久。主山以培塿當群山心，九峰扆而立。古有龍潭、柘林，因得名焉。舊志：「古有三潭，潭水磅礴，繞峰而出。其一今爲寺基，二則甃以爲池。」又言柘樹千章，修竹徧娟者，今無矣。潭水之支委涌洋，在山額，去寺數里，建瓴下。流泉走石，崖壁間滔滔然，聲甚怒。至寺橋，水益怒，聞者莫不愕然驚訝，而蘇然離煩。柘木惟存枯株一枚，今以爲古迹矣。

〔注一〕「黎園莊」，本書中或作「梨園莊」，應爲同一地名。

梵剎原宗

潭柘山懷有古剎，俗呼「潭柘寺」，隨山而名之也。其趾本青龍潭，所謂「海眼」。華嚴師時，潭龍聽法。師欲開山，龍即讓宅。一夕，大風雷雨，青龍避去，潭則平地。兩鴟吻涌出，今殿角鴟也。開創於晋時，謂之嘉福寺。肇興於唐朝，名曰龍泉寺。從實禪師事，見《碑記》。重飭於大金熙宗皇統年間，敕賜寺額「大萬壽寺」。世宗大定年間，廣慧通理禪師建造。章宗明昌年間，相了禪師住持興建。明成祖永樂年間，無初禪師住持，建置甚廣。宣宗宣德二年，孝誠皇后賜帑建造殿宇，越靖王建延壽塔，敕賜名龍泉寺。英宗正統年間，詔改廣善戒壇，并賜金額。頒《大藏》，建閣貯之。天順元年，敕改仍名嘉福寺。孝宗弘治十年，〔注一〕良宦戴公重葺寺宇。神宗萬曆年間，太宰陸公光祖、太僕卿徐公琰啓慈聖皇太后，重新殿宇。前後數名之矣，獨「潭柘」名傳久不衰。燕人諺曰：「先有潭柘，後有幽州。」此寺之最古者也。都城自遼、金以後，至於大元，靡歲不建招提。明則大璫無人不建，佛寺梵宮之盛，倍於建

〔注一〕「弘」，全書因避清高宗愛新覺羅·弘曆諱均缺末笔。

章萬户千門。成化中，京城内外敕賜寺觀至六百三十九所，見周尚書洪謨奏疏。「中内臣作。」〔注一〕觀此，則琳宫紺宇，皆巨璫逆豎所爲。唯獨潭柘一區，無宦豎建造之迹，洵可稱清净佛地矣。按：謝遷《重修嘉福寺碑記》稱，弘治年間，司禮監戴良矩捐金修寺。良矩號竹棲道人，〔注二〕引年休致，步至潭柘，見寺敝壞，遂爲倡修。與于、魏諸璫借琳宫而營生壙者不同也。

寺碑七。金碑二：明昌五年僧重玉詩；大定十三年楊節度記。元碑二：至正八年葛天麟記；至正某年危素記。明碑三：正統某年胡濙記；弘治十年謝遷記；萬曆中紫柏禪師《送龍子歸潭文》也。

明大學士謝遷《記重修嘉福寺碑文》曰：

司禮監戴公，以顧命舊臣，〔注三〕引年休致，雅愛山水。時維弘治十年秋，步至潭柘，僧通經、通嚴等曰：「此地有古寺曰龍泉。我朝天順初奉敕改名嘉福。歲久敝壞，弗稱祝釐之所，盍圖葺之。」公曰：「善。」於是出所積爲工食費，又請於上，賜金益之。殿廡堂室，焕然一新。又增僧舍五十餘楹。工興於正德二年三月，迨次年九月告成。公屬予爲記。竊聞潭柘山者，距城西二舍許，當馬鞍山之西，有泉匯而爲梯潭，〔注四〕土宜柘

〔注一〕「中内臣作」之上，疑有脱文。《明憲宗實録》周洪謨奏疏未提及諸刹爲内臣建造。又明王廷相《王氏家藏集》卷十二《西山行》有「西山三百七十寺，正德年中内臣作」二句。

〔注二〕「棲」，清鈔本作「樓」。

〔注三〕「以」，原脱，今據清鈔本補。

〔注四〕「梯」，清鈔本無此字。

木，因以得名。後唐時，有從實禪師，與其徒千人講法於此，後遂示寂華嚴祖堂。皇統間，改爲大萬壽寺。繼有廣慧通理者，踵實師之迹，成大道場，山靈益加顯焉。其詳見於大定間蔡居士、楊節度之碑，可考也。我朝宣宗皇帝即位之二年，特命高僧觀宗師住持。孝誠皇后首錫内帑之儲，肇造殿宇；越靖王又建延壽塔。英宗睿皇帝詔爲廣善戒壇，頒《大藏經》五千卷，并賜金額，迄今歲逾一甲子矣。所以紹前美啓後觀者，實於戴公賴之。公名義，字良矩，號竹棲道人。斯舉也，豈福田利益之謀哉？其亦感時懷昔，有餘不盡之心也夫。大明正德六年，歲次辛未，秋七月日撰。

金僧重玉詩及紫柏《送龍子文》各從其類，附編於後。其他諸記，則以年久，數經兵灾，失殘靡完，因未得全録焉。

〔注一〕「縍」，疑當作「綈」，「綈構」詞義與上下文義合。

中興重建

按：西山諸刹，惟潭柘最古。晋唐以來，寺屢興廢。自明季至今，縍構日增，〔注一〕則山僧營度之勤，檀越布金之力，不可没也。高卑縱廣，具有丈尺。如其制録之，使後有考焉。

岫雲寺在潭柘山前，寺以山名者久。肇興於晋唐，重飭於金元。明宣德初重拓，弘治年復修。歲久敝壞。國朝康熙三十一年，聖祖仁皇帝賜金重修。及賜御書額，曰「敕建潭柘山岫雲禪寺」。崇宏侈麗，遠軼舊觀，實爲山林增勝云。寺基南北八十丈有奇，東西五十丈有奇，周圍共三百丈。寺前牌坊高二十五尺，縱八尺，廣三十五尺，前曰「翠嶂丹泉」，後曰「香林净土」，聖

祖駕幸時賜額也。坊臨懷遠橋。橋廣二十一尺，修二十八尺。入山門百餘步，面勢嚴整，山環水繞。甫臨初地，心目爲之曠然。山門高二十七尺，縱一十三尺，廣三十三尺，敕建新額麗焉。內爲天王殿三間，高三十七尺，縱三十四尺，廣五十尺。旁兩間，各通門徑，高廣亞之。正中爲大雄寶殿五間，崇七十一尺，縱五十八尺，廣九十八尺。月臺高七尺，縱二十七尺，廣七十六尺，圍以白玉石闌，鏤刻精巧，縱廣如闌之制，高乃半焉。殿之宏麗嚴整，像設之金寶璀璨，又爲寺中之冠。

賜額所謂「清靜莊嚴」者，稱是矣。殿之前，由天王殿西爲十方堂五間，〔注一〕高二十尺，縱一十七尺，廣三十三尺，前有寮房二間。天王殿後爲鐘鼓樓，樓東西相向，縱廣各一十八尺。〔注二〕正殿後爲三聖殿五間，高三十四尺，縱三十九尺，廣六十九尺。〔注三〕前樓捲棚五間，高亞丈許，縱不及三丈，廣如之，所謂齋堂是也。正殿再後最弘麗者，爲毗盧閣七間，崇四十七尺，縱三十八尺，廣十丈有奇，雲梯百尺，可供眺覽。諸天肅穆，游者不輕入也。圓通殿三間，在毗盧閣東，高二十

一尺，縱二十九尺，廣三十九尺。舍利塔在圓通殿東，高五丈，縱廣各五丈。地藏殿三間，在舍利塔東，高二十九尺，縱二十七尺，廣三十五尺，香燈寮附焉。藥師殿三間，在毗盧閣西，高三十一尺，縱二十一尺，廣三十五尺，香燈寮附焉。其東西耳房、庖湢薪菜之所、典座之寮，約共四十餘間。東伽藍殿，係鍾板堂；西祖師殿，係西板堂。〔注四〕各三間，俱在大殿前，高三十四尺，縱二十九尺，廣四丈。其東西配樓、東西過廳、東西戒堂及監司、知殿、羯磨寮、書記寮、教授寮、學事

〔注一〕「五」，清鈔本作「三」。

〔注二〕「縱廣」前，清鈔本有「高三丈七尺」。

〔注三〕「九」，清鈔本作「七」。

〔注四〕「板」，清鈔本作「禪」。

堂、都管寮、念佛堂、殿主寮、客堂、客廚、果房、米庫、麵庫等，俱在三聖殿左右及毗盧閣前。此寺正中殿閣之大概也。

方丈五間，在東配樓後，高二十八尺，縱三十五尺，廣六丈。靜室二間，〔注一〕東廳三間，俱在方丈東。客廳三間，知客寮一間，在方丈西。前庭幽爽，列蒔花木，御題「松竹幽清」。非道風高峻、緇素欽心者，殆未易居此席也。行宮五間，在方丈前，崇二十四尺，縱三十七尺，廣五十四尺。御茶房五間，在行宮左。南樓五間，在行宮前，高三十九尺，縱一十七尺，廣五十三尺，左右耳房各一間。樓最軒敞，坐對寺前錦屏、捧日諸峰。霞光翠影，瞬息异狀；清鐘梵唄，若遠若近。答谷響而漱松風，山間清曠之境，無過於此。宜乎翠華臨幸，於焉憩息而娱情也。東廊房五間，在南樓左。南廊房五間，在南樓前。南膳房三間，北膳房三間，俱在南廊房右。太后行宮三間，在地藏殿東，崇二十一尺，縱二十七尺，廣三十三尺。內侍房二間，在宫北。〔注二〕萬歲行宮三間，高二十二尺，縱二十三尺，廣三十四尺，在太后宫前。

〔注一〕「二」，清鈔本作「三」。

〔注二〕「北」，清鈔本作「左」。

侍衛房一間，在宮右。流杯亭，在萬歲宮後。按《日下舊聞》，宮中有萬歲流杯亭，蓋引玉泉之水入焉。高士奇《金鰲退食記》云：「流杯亭，在無逸殿舊址。風欞水檻，甍角飛動。細渠屈曲，[注一]濺玉飛瓊。」此間潭水自山而下，瀌瀌繞階。中亭鏤磚石爲九曲，放之則流駛不停，止之則清澈可鑒，洵足以澄慮怡神。妃嬪宮七間，在萬歲宮右，附內侍房二間。

行宮制度雖不及殿閣之崇廣，而碧瓦朱闌，明敞靚麗，與泉香翠影相縈帶。御書匾聯，日星輝映。奇花异卉，皆出內賜。青葱芬馥，在鵲爐翠扇間。娛親愛日之誠，至今猶可想見焉。

古觀音殿三間，在毗盧閣西北角，高四十一尺，縱四十九尺，廣六丈，圍以石闌，略如前殿之制，而地勢殊高，可俯而臨視也。文殊殿三間，在觀音殿東，高二十六尺，縱二十五尺，廣三十四尺，左附香燈寮二間，係一音堂舊址。明萬曆年間，紫柏尊者静息於此，今仍舊額而供像焉。六欲自虛，纖塵不着，恍惚與尊者相對，出世之想，懷古之情，緬焉而深。祖堂三間，在觀音殿西，高二十六尺，縱二十五尺，廣三十四尺，右附香燈寮一間。龍王殿三間，在祖堂西，高二十二尺，縱二

[注一]「細渠」，原脱，今據乾隆五十九年石門大西山房本《金鰲退食筆記》補。

十一尺，廣二十五尺。大悲殿三間，在觀音殿前，高一十七尺，縱一十五尺，廣二十五尺，右附香燈寮一間。孔雀殿三間，在觀音殿前，高一十七尺，縱一十五尺，廣二十五尺，左附香燈寮一間。勢至殿三間，在藥師殿前，高二十三尺，縱一十六尺，廣三十二尺，東西寮房各三間。藥師殿在毗盧閣西，故先及之勢至，則自西北而南矣。戒壇三間，在勢至殿前，崇三十七尺，縱廣各五十五尺。內玉石須彌戒臺一座，三層，高一丈，縱廣各一丈六尺，髹彩嚴飾，妙華繽紛，使人攝心净念，如對諸天。左右寮房各七間，東西監壇亭各一間，配房各三間，皆嚴潔過於他所。楞嚴壇八面圓殿一座，〔注一〕在戒壇前，崇四十九尺，縱廣各四十七尺，四圍玉石雕闌。內壇八方，高二十五尺，縱廣各一十六尺。像設莊嚴，華光鏡采，重重涉入，一依經文結制，曲盡其妙。蓋戒壇爲歷代建置，勢雖嚴整，尚與他處相亞，楞嚴壇則監院印如致諸大檀越殫力鼎建，宏麗殆遠過前代矣。此亦導師苦心，特於化城寶所指示迴向第一義耳。如謂此勝彼絀，則恒沙七寶，視一微塵、一毛端，豈有

〔注一〕「圓」，清鈔本作「圜」。

差別哉。壇外左右懺寮各五間。東西過廳各三間。照廳五間，左右附寮各一間。靜室三間，在西過廳內院。外客堂五間，在照廳前，左右寮房各六間。前廳房七間，在客堂前。皆所以翼衛壇儀者也。大悲壇三間，在勢至殿西，高三丈，縱三丈四尺，廣三丈八尺，宏麗亞楞嚴壇，而像設之妙，拜誦之嚴相儷焉。附左右觀堂、香寮、廊房、側房共十餘間，前有垂花門樓，若別一院宇。自毗盧閣西面，與山嵐樹色相接几席間者，此爲最勝矣。

行宮、方丈在寺之左方，觀音殿及大悲壇諸殿在寺之右方，而毗盧閣居中焉。左方之勝，在行宮、南樓，而方丈嚴正開朗，有俯視一切之概。右方樓閣，因山而高，窗櫺階陛間，皆挾西山爽氣。至夫晦明晴雨，景態百變，花香鳥語與泉聲山翠相映發，則一山所同耳。左方之東南，別爲小院曰「十間房」者，階下即泉，檻外即山，在南樓之下，而相間若遠。芳樹垂檐，幽花壓砌。倚修竹，聽流泉，邈然身世俱忘，真幽絕境也。山中松最古，數十株夭矯可愛。竹秀而茂，尤與泉石相得。花木繁植，皆位置隨宜，增珠宮紺宇之勝，不可以殫悉焉。此寺中之大概也。

慈悲院，在寶坊牌樓西南，正房三間，高二十五尺，〔注一〕縱一十八尺，廣五十九尺，左右耳房、碾房、油房之屬在焉，外有門樓一間。雲水堂三間，在慈悲院北，寮房二間附焉。園房七間，在寺西南一里許。觀音洞静室，在寺東南，正殿三間，左右掖房各三間，門樓一間。洞在殿後，高一十五尺，深一十五尺，廣一丈餘。有石刻在焉，姓氏漫漶不可辨。洞雖荒寂，殊有幽致，藉苔晏坐，清磬泠然，轉覺寺中梵唄之喧也。紫竹禪院在寺東，正殿三間，左右寮房各一間，兩掖房各三間，門樓一間。浴室五間，在院北。院中供華嚴畫像，即開山祖師也。歇心亭在禪院西北，高一丈九尺，縱廣各一丈五尺。翠微山徑，正當潭水細流。跏趺小坐，楖栗横拖，此亭實據幽勝。循徑而上一里許，爲少師静室，正殿三間，左右寮房各一間，兩掖房各二間。内塑少師像，山僧習静於此。烟霞庵在寺北三里許，〔注二〕正殿三間，兩掖房各二間，門樓一間。庵之西北即青龍潭，衆峰環護，一水縈迴。寺之形勢益崇，而山之勝概亦

〔注一〕「五」，清鈔本作「三」。

〔注二〕「北」上，清鈔本有「西」字。

萃於是矣。

余謂潭柘之勝，固在山水幽奇，而殿宇適據山水之勝。崇基累構，掇拾於殘垣廢瓦之餘，而規制聿新，俯視雲蘿，上插霄漢，莊嚴勝境，拱護皇都，西山梵刹，屈指稱首焉。住持之苦心，檀護之弘願，莫大於是。後之人踵而繼之，有增無廢，使神龍讓宅之靈迹萬古長留，豈不偉哉！

附下院

下院奉福寺，在寺東南二十五里梨園莊。山門一間，正殿三間，左右附寮各三間。東伽藍、西

祖師殿各三間。客厨三間，在伽藍殿前。客堂三間，在祖師殿前。韋馱殿三間，在正殿前。方丈三間，在正殿後，左右附房各二間，兩掖房各三間，園房十餘間。

京城平則門内，潭柘下院翊教寺。山門一間。左右兩角門各附房二間。鐘鼓樓二座，在山門内。天王殿三間。伽藍、祖師殿各三間。大雄殿三間。毗盧閣五間。垂花門樓一間。雜房二十餘間。

建置年月 前代所修，已見前篇，故不復録。

大清康熙三十一年，壬申賜金敕建，賜額「岫雲禪寺」，命震寰律師主席，剪荆除礫，弘啓毗尼。殿閣、僧寮次第肇舉，遂臻山寺中興之盛。

毗盧閣

三聖殿

齋堂戊辰年造。

大雄殿

圓通殿

藥師殿

毗盧閣下左右配樓

新戒東西二堂

監司、書記二寮

伽藍殿

祖師殿

天王殿

鐘鼓二樓

山門牌樓

戒壇

勢至殿并前後左右各廂房、門樓

方丈并左右寮房、東西客廳

行宫二所癸酉至己卯。

以上第一代震寰和尚創建。

東西兩朝房、兩角門

大厨房

震寰和尚塔

以上第二代止安和尚監造。

觀音殿信官夏增吉捐貲建。

文殊殿監院空忍募建。

祖堂內監鄧震捐貲建。

龍王殿信士季宗禹捐貲建。

大悲殿信官五十三捐貲建。

孔雀殿信士龍坤捐貲建。

地藏殿信士陳有德捐貲建。

少師靜室信士孫成德捐貲建。

觀音洞靜室內監鄧震捐貲建。

彩繪大殿并左右各配殿、各樓房、各廂房共六十餘間信士王惠民捐貲四十餘兩。〔注一〕

楞嚴壇并左右廂房、南樓監院空忍募造。

止安和尚塔一座

下院奉福寺遵化州蔡家樓莊房大悲會衆姓捐造。

〔注一〕「十」，清鈔本作「千」字。

以上第三代德彰和尚監造。

大悲壇并左右廂房、門樓俱大悲會衆姓捐貲建。

附塔舍利塔、金剛延壽塔、佛塔俱在寺内。

後唐龍泉堂上從實禪師塔

金佛日圓明海雲禪師塔天眷時建。

廣慧通理禪師塔大定十五年建。

政言禪師塔大定二十八年建。

相了禪師塔泰和四年建。

元龍泉堂上瑞雲靄公禪師塔大德四年建。

龍泉堂上雪澗禪師塔至正時建。

龍泉堂上柏山智公禪師塔

明龍泉堂上無初禪師塔宣德年建。

萬善戒壇無相觀公禪師塔宣德年建。

嘉福堂上重開山第一代西竺源公禪師塔

賜紫沙門嘉福堂上大源佐公禪師塔［注一］萬曆年建。

賜紫沙門嘉福堂上正舍禪師塔萬曆年建。

以上歷代祖師塔。共十三塔。

本朝欽命中興第一代震寰照福律祖和尚塔

第二代止安超越律師塔

賜紫沙門第三代德彰道林律師塔

［注一］「源」，清鈔本作「圓」，本書《歷代法統》亦作「圓」。

第四代洞初證林律師塔
第五代本然明壽律師塔乾隆元年開建塔院於新房村西南坡山塔兒崖。
以上本山中興祖師塔。共五塔
本朝監寺六合春公塔
欽命監院修林彬公塔
監院异珍璸公塔
濟生潤公塔
明如祥公塔
闍黎越凡翮公塔
以上本山中興職事塔。不及備載。

元妙嚴大師塔
清慧大師塔
鑒如大師塔
以上比丘尼塔。
金中都竹林禪寺第七代了奇禪師塔大定年建。
師名了奇，姓潘，白霫富庶縣人。年十六，試經得度，以《華嚴》爲業。聞廣慧通理禪師倡道遼海，師摳衣謁之。會廣慧移錫霫川之雲峰寺，師從之。一日，异石落地，有省，廣印可。大定三年後，遍歷諸方，學徒雲萃。十年，示化竹林，茶毗，火光中青蓮冉冉，舍利五色。建塔於潭柘廣慧塔之東。

渾源州永安禪寺第一代歸雲禪師塔

師名志宣，字仲徽，生廣寧李氏。得法於臨濟下尊宿玉泉容庵老人，七坐道場。臨終説偈云：「五十九年掣電，月鈎雲餌作伴。而今抛却綸竿，星斗一天炳焕。」擲筆而逝。荼毗，舍利百數。靈骨分葬永安、潭柘、玉泉、柏林四道場。有語録《歸雲集》行世。

鷄鳴禪寺曹洞正傳隱峰琮禪師塔

前住盧山終極無如禪師塔

前住甘泉古澗泉禪師塔

天寧寺宗師府住持章玉璽公禪師塔

以上寓塔。

十方普同塔 明萬曆四十七年，賜紫沙門正舍建。

德彰和尚塔

京城潭柘下院翊教寺大殿

以上第四代洞初和尚營建。雍正癸卯至戊申。

華嚴壇一所 監院空忍募造。

大園房五間

廊房十間
馬圈三間
洞初和尚塔
闍黎越凡師塔
以上第五代本然和尚營造。雍正己酉至壬子。

難遽集。師曰：「第恐誠不至耳。誠若至，奚患無成？」方鑿石際，有大石誤墜，衆悉駭避，師恬不顧，纔去師不半尋而止。咸謂師志願精愨，致神祐云。十有一年，工始告止。大定十五年六月三十日，沐浴易衣，説偈跏趺而逝。壽七十一，臘五十七。荼毗後，建塔於潭柘虎首之陽。得法者五人：善照、了奇、圓悟、廣温、覺本。有《語録三編》行世。所著寺中規條，至今遵守，無敢遺軼焉。

政言禪師

師許州長社人，姓王。九歲，詣資福禪院净良祝髮，受具戒。後參香山慈照禪師。嘗入丈室請益，慈照曰：「諸法如意，即諸如來。」師言下有省，即説偈：「諸緣不壞，了性無滅。雲散長空，碧天皎月。」照可之。後至中都，參竹林廣慧通理禪師。既而，梁園大長公主暨東京留守曹王請師住潭柘龍泉寺，遂繼惠公法席焉。三歲，製《頌古》《拈古》各百篇，注《禪説金剛歌》，〔注一〕又著《金臺録》《真心真説修行十法門》，〔注二〕皆行於世。後大定年間，説偈

〔注一〕「禪説金剛歌」，卍字續藏本《補續高僧傳》卷十二作「金剛經證道歌」。

〔注二〕下「真」，清鈔本作「直」。

而化。

相了禪師

師義州弘政宋氏之季子也。初，舉止端重，行必直視，坐即跏趺。髫年，聞祖父誦賦，至「秦皇漢武，不死何歸」，師便問：「死歸何處耶？」祖异之，語其父：「此子非塵俗中人。」令依本郡大嘉福寺祚公落髮，名行録。九歲得度，習《華嚴》《圓覺》等經。神機妙解，發於髫齡。歷諸講肆，同學共尊。咸平、石城，繼請講授，開誘不倦。一日，忽念經云：「修多羅教，如標月指。經既爲標，月何所在？」尋聞遼陽禪刹有大導師，單傳佛心，不立文字，乃罷講，腰包徑往清安訪月公。不契，遂造咸平，見定公。復往錦州大明，參誘公，命掌記室。久之，亦無所得。誘曰：「汝緣不在此。懿州崇福超老人，明州嫡嗣也。可往依之，必爲子發其奥耳。」乃拜辭。遽謁超公，一見，曰：「叢林主來何暮？」命掌維那。一日，問：「俱胝一指頭禪，受用不盡。未審和尚有多少？」〔注一〕超應聲一吹，師忽然有省，如披雲見月，欣躍無量。呈頌

〔注一〕「有」上，卍字續藏本《補續高僧傳》卷十二有「禪」字。

云：「窺破浮雲月色寒，狂心頓歇髑髏乾。〔注一〕通身光透威音外，普應群機作大緣。」超印可。乃更名相了，衆舉立。僧機鋒超逸，緇素傾仰。後遁去，隱雲峰，禪悦自樂。然令名振飛，德香遠播，懿州連師敦請開法崇福，北京留司具疏遷住松林，龍象雲歸，人天蟻慕。東京留守曹王嚮師道風，請居大惠安。六稔，規範肅清。但性樂閑寂，倦於應對，遂夜遁閭山寧國寺，枕石眠雲，作終焉之計。明昌年間，會潭柘虛席，功德主岐國大長公主恭請住持，宗風大振。四年，又晦

迹天王小刹，冀國公抑居竹林。〔注二〕師愧名爲道累，息迹無計，未經歲，退居城隈古寺。龍泉聞知，復迎頤老，乃欣然從之，曰：「吾將終老此山。」師稟性純質，加之慈恕，心不忤物，一生未嘗略起瞋恚。縱遇呵毁，容色不易，蓋心如大地，八風不能動也。雖五坐道場，皆信緣甘分，誨門弟子，皆退步就理日損之語。嗣法者三人：道積、相崇、善惠，各行道一方。泰和三年十月末旬，忽示疾。至期，索筆書偈云：「三十餘年説法，弄巧成拙；臨岐更爲諸人，重重漏泄。本來

〔注一〕「狂心」，卍字續藏本《補續高僧傳》卷十二作「偶然」。

〔注二〕「公」下，清鈔本有「主」字。

無法與他人，依舊清風伴明月。」偈畢，右脅長往。壽七十，臘五十二。荼毗日，有百千蝴蝶自烈焰出，祥雲五色，遍現空中。牙齒不毀。門人收靈骨，樹石塔，求銘於重蘇叟。叟曰：「汝師，吾畏友也。其潛德密行，非吾所知。聊述事迹，以紀歲時耳。」銘曰：「混沌未分，太初沖寂。情竇日鑿，妄興智識。識喪乎真，智勞乎神。所貴達人，返樸還淳。抱瓮忘機，拾蜩凝慮。普化風顛，谷泉垢污。了公導師，純粹天資。道齊先覺，行同嬰兒。火裏瓊瑶，雪中松柏。温潤堅貞，炎涼亘革。佛鑑遠嫡，明州親孫。窮理盡性，尋流得源。接物功成，順緣而化。識返真常，名流華夏。我作蕪詞，雕冰鏤雪。刻諸翠琰，以示來哲。」按：重蘇叟，不知其姓氏。文雖繁，不便删削，銘亦可觀，故全録之耳。

元瑞雲靄禪師

雪磵禪師舊志維見「順帝賜酒，皇姊致膳」之句。

柏山智公禪師

明無初禪師

師名德始，字無初，日東信州神氏子。幼遇群兒嬉戲輒引去，見僧過門則色喜。父母知其志，遣從本郡一公祝髮。逮長，詣天寧，探群籍。三冬，悉通大意。已而嘆曰：「文字之學，不能洞當人之性源。」遂捨所學，附商舶抵中土，謁靈隱慧禪師，深悟單傳之旨。及東歸，國人景仰，尊爲禪祖。聞古幽都山川之勝，結侶來游，遂憩慶壽。時獨庵衍公治寺事，與師有法門之舊，延致丈室，相與激揚臨濟宗旨，識者稱之。衍公欲以寺事付師，師不允，遂禮峨嵋。時獻王咨問法要，禮遇勤厚。丙子，出世無爲，道望彌隆。永樂初，獨庵進階太子少師，邀師論道。六年春，應董平

坡之請，居再歲即謝事。十年壬辰，將闢靜室，爲佚老計，太宗皇帝有旨，畀龍泉寺事。師欽承明旨，早夜孜孜，以繕修爲務。凡棟宇蠹敝者易之，階戺頹圮者構之，丹堊剥落者新之，比舊有加焉。先是，獻王致金百兩與師，造西方三聖像。金彩莊嚴，曲盡其妙。師平昔尤喜恤貧賑乏，薄於奉己，厚於待人，以故四坐道場，囊無餘蓄，褚衾瓦鉢，蕭然自怡。臨終，端坐而逝。荼毗時，獲舍利百餘顆，晶熒圓潔，觀者聳异。

無相觀公禪師

西竺源公禪師

賜紫大圓佐公禪師

賜紫正舍禪師

大清欽命中興震寰律師

師名照福，字震寰，順天大興人，姓孟。七歲，就延禧寺祝髮。康熙七年戊申冬，於廣濟寺萬中律師圓具。足不越閫十有五年。精研毗尼，同學共尊。二十二年癸亥，本寺監院同衆請師繼萬老人行席於廣濟。二十五年春，奉旨住潭柘。是年秋，聖祖仁皇帝駕幸山寺，奏對稱旨，温語獎異。自是，學侣雲集，法財雨施，建造日新。金碧像飾，擅西山諸剎之勝。戊寅秋，示微疾，奉旨命内務府佛大人選醫調治。因奏請本寺閣黎止安繼席。己卯五月六日，辭衆而逝。壽六十六，臘三十二，主叢林一十七年，八坐道場。護持法門，專精戒律。示寂時，特賜帑金、龍旗、寶仗。臨葬，建塔於本寺之前。四十一年四月，駕復臨幸。皇情眷戀，命取畫像進覽，咨惜良久，題七言絶句一首。殊恩异數，實爲兹山所僅見云。

欽命止安律師

師名超越，字止安，順天大興王氏子。髫年，依勝福寺海雲師剃染。康熙十四年乙卯，於萬壽戒壇道光和尚圓具。二十五年，振公中興潭柘，〔注一〕師掌監寺，總攝内外，不辭勞勣，法衆咸服。三十三年，大殿毁，賜帑重新。置棟一株，先擬左，衆欲右之，舁不能舉。師祝曰：「吾左汝也。」不數人舁之而行。三十八年己卯，有旨繼席本山。明年，同衆知識請安暢春園。因觀虎圈，虎威，衆不敢前。師近曰：「汝由性暴，故墮虎身。今猶不改，何也？請伏，吾爲汝説三歸，可脱此皮毛也。」虎馴伏。説畢，摇尾而去。餘多奇迹，師恐近怪，敕門從勿以語人。四十一年仲夏，示微疾。至八月，辭衆而逝。壽六十一，臘一十七。建塔於振公之左。

賜紫沙門德彰律師

師名道林，字德彰，河間人。少依龍坡寺乾宗爲師，後於廣濟寺道光和尚圓具。康熙四十一年壬午，欽命主席。持誦參禮，頃刻無間。常領衆繞舍利塔念佛不輟。經年，塔忽放光。後每歲常然，遠近見聞，無不歸心。師住持二十餘年，與

〔注一〕「振公」，指震寰律師，文中多處「振」「震」混用，均保留原狀。

〔注一〕「合」，清鈔本作「令」。

〔注二〕「嚴」，清鈔本作「研」。

〔注三〕「儀」，清鈔本作「義」。

造最多。壬寅十一月晦日，合衆念佛，〔注一〕端坐而逝。壽六十一，臘三十九。建塔於振公之右。

洞初律師

師名證林，字洞初，真定武邑人，姓張。生時有异徵，穎悟過人。幼從京觀音閣從心剃染。康熙二十八年己巳，受具於本寺振寰和尚。遍詣講席，討論性相。後參柏林妙偉和尚，有省。壬寅，繼席本山。精嚴律儀，〔注二〕時與諸弟子講演《梵網》《四分》《毗尼》等律儀，洞明開遮、持犯之義，不爲律縛，不犯律儀。〔注三〕圓陀陀，活潑

潑，雖律而禪，雖禪而律。宛轉偏正，縱横妙叶。人天共仰，龍衆咸歸。雍正六年戊申十一月五日，説偈坐逝。壽六十三，臘三十八。荼毗時，禪雲五色從烈焰中出。火後收靈骨，建塔於止公之東。

本然律師

師名明壽，字本然，順天房山人，姓杜。

行幸頒賜

康熙二十五年丙寅秋，駕幸潭柘。御書《金剛經》十卷、《藥師經》十卷。沉香山一座、壽山石觀音一尊、羅漢十八尊。

三十一年壬申，賜修大殿銀一萬。

三十六年丁丑，駕幸潭柘。敕建岫雲禪寺額、大殿額「清靜莊嚴」、天王殿、毗盧閣、戒壇、大悲壇御書額，金黄龍緞大幡一對、竹簾一百六十挂、綿簾一百六十挂。

三十七年戊寅，賜桂花十二桶、龍鬚等竹八扛、植行宫前後。御書牌樓額前「翠嶂丹泉」、後〔注一〕「香林净土」。

三十八年己卯，賜大殿鍍金劍光鵰帶四條。

四十一年壬午，駕幸潭柘。御書行宫額〔注二〕「倚松恬澹」、〔注三〕「松竹清泉」、方丈額「松竹幽清」、楞嚴壇南樓「五雲多處」，對聯〔注四〕「慶雲宿飛棟，喜樹羅青墀」，「經聲夜息聞天語，爐氣晨飄接御香」，御書舊作《潭柘詩》一章：怡神水樹清襟〔注五〕洽，滿目奇峰入夏雲。微起凉風響萬籟，山中鶯囀奏紛紜。《御題振寰老和尚

〔注一〕「後」下，清鈔本有「苑」字。

〔注二〕「行」上，清鈔本有「太后」二字。

〔注三〕「松」上，清鈔本有「行宫額」三字。

〔注四〕「對聯」，清鈔本作「太后行宫對二聯」。

〔注五〕「襟」，原誤作「㯲」，今據文淵閣四庫全書本《聖祖仁皇帝御製文集》卷三十一改。

畫像詩》一章： 并序

朕偶至潭柘，覽老和尚照福畫像，因而有感，故作詩以賜之。

法像儼然參涅槃，皆因大夢住山間。若非明鏡當臺語，笑指真圖并戒壇。〔注一〕

賜齋僧銀三百兩，皇太后賜飯僧元寶四個。

四十三年甲申，賜墨刻心經塔一軸、墨晶羅漢一尊、大雄殿古銅供器一堂、凡五件 大銅磬一口、金鐘一口。

五十二年癸巳，賜墨刻金剛塔一軸、萬壽爐一座、岕茶二瓶。

五十四年乙未，賜喇嘛藏佛一百尊、《金山寺》詩一軸、橘柑榛果共八扛、大紅緞大幡一對。皇太后每年賜飯僧銀五百兩、四十三年甲申至五十六年丁酉。又織金幢五十對、織金幡五十對、錦幔一百方、龍緞棹圍二百條、綉錦經蓋八百袱。〔注二〕怡親王施楞嚴道場上供銀一百兩、禮懺銀一百兩。莊親王施客堂額「來紫氣」。果親王施楞嚴壇額「金姿寶相」、又「慈雲普覆」〔注三〕對聯「登自在天，金口圓音宣落落。入三摩地，玉豪光相昱如如」。顯親王

[注一]「圖」，原誤作「圓」，今據文淵閣四庫全書本《聖祖仁皇帝御製文集》卷三十一本改。

[注二]「蓋」，清鈔本作「袱」。「袱」，清鈔本作「張」。

[注三]又「慈雲普覆」，清鈔本無此五字。

施石刻《心經》板三塊、毗盧閣額「翠嶂清泉」、楞嚴壇額「月鏡常圓」、觀音殿「松風水月」、方丈「青莲喻法」、對聯「默坐烟霞散，閑觀水月明」、〔注一〕「雨花似引三車語，佛火微明七寶函」、詩二首附録：

山花綉雲根，潭心湛明月。流水無俗情，終年漱白石。

絶壁啓松門，清泉分竹徑。林籟天風鳴，空山一聲磬。

〔注一〕「對」上，清鈔本有「方丈」二字。